I0804452

MEL BAY PUBLICATIONS, INC.

MEL BAY PUBLICATIONS, INC.

MEL BAY PUBLICATIONS, INC.

MEL BAY PUBLICATIONS, INC.

MEL BAY PUBLICATIONS, INC.

MEL BAY PUBLICATIONS, INC.

MEL BAY PUBLICATIONS, INC.

MEL BAY PUBLICATIONS, INC.

MEL BAY PUBLICATIONS, INC.

MEL BAY PUBLICATIONS, INC.

MEL BAY PUBLICATIONS, INC.

MEL BAY PUBLICATIONS, INC.

MEL BAY PUBLICATIONS, INC.

MEL BAY PUBLICATIONS, INC.

MEL BAY PUBLICATIONS, INC.

MEL BAY PUBLICATIONS, INC.

MEL BAY PUBLICATIONS, INC.

MEL BAY PUBLICATIONS, INC.

MEL BAY PUBLICATIONS, INC.

MEL BAY PUBLICATIONS, INC.

MEL BAY PUBLICATIONS, INC.

MEL BAY PUBLICATIONS, INC.

MEL BAY PUBLICATIONS, INC.

MEL BAY PUBLICATIONS, INC.

MEL BAY PUBLICATIONS, INC.

MEL BAY PUBLICATIONS, INC.

MEL BAY PUBLICATIONS, INC.